AF285907

WORTE DER LEERE

ein stilles Buch, dem wahren Buddha gewidmet

Texte von Dietrich W. Dietrich
mit Tuschen von Georg Jürgens

Impressum:

Herausgeber: Georg Jürgens

Herstellung und Verlag:
Books on Demand GmbH, Norderstedt

ISBN-13: 9783837024944 (Paperback - Version)

Bibliographische Informationen der deutschen Bibliothek:
Die deutsche Bibliothek verzeichnet diese Publikation in der Deutschen Nationalbibliographie;
detaillierte bibliographische Daten sind im Internet über
http://dnb.d-nb.de abrufbar.

Wachtraum

Als ich nichts mehr hören wollte, daher der Welt mit ihren sichtbaren Irrlichtern und greifbaren Trugbildern den Rücken kehrte, da begann der Weg. Was bis dahin geschah, kann ich nicht mehr sagen. Es ist in der Flut der Bilder und Spiegelungen, auf bewegter Oberfläche des Meeres zwischen Ebbe und Flut untergegangen. In die Flut der Tage aus der es kam. Man könnte sagen, ich hätte es vergessen. Das greift aber zu kurz. Ich könnte bestimmt noch davon erzählen. Wenn es nicht müßig wäre. Vorbei nun die Zeit, in der ich mich um Unnötiges sorgte. Vergangen die Tage, als ich mich bemühte, meine Schmerzen zu vertiefen. Und so wandere ich in eine Landschaft, die schon nicht mehr diesen Namen verdient.

Inneres Indien

Alle, die dort gewesen sind, schwärmen von Indien: Von den freundlichen Menschen, tausenden Tempeln und verwunschenen Landschaften, von Affen, die alles stehlen, von Kühen, die obgleich sie heilig sind, alles fressen, von Märkten mit tausend Düften bunter Früchte und Gewürze, von stinkenden Straßen und Gassen, bettelnden Kindern, heiligen Männern, die nackt einher gehen, von Ashrams in denen die Esoterik auf Flaschen gezogen wird, von Dörfern, in denen mehr Götter verehrt werden als dort Menschen leben, von Menschen, die nicht mit ihrem Schicksal hadern, von Stränden erzählen sie, von Palmen und so weiter.

Sollte ich mich jetzt zwingend auf den Weg machen? Muß ich bis zum Ende dieser Inkarnation unbedingt mit Air INDIA in Bombay landen? Na gut, es ist die Heimat des Fleisch gewordenen Buddha. Aber Pilgern ist auch Illusion und Trug. Und außerdem, was gibt mir ein Stein, auf dem der Gotoma saß? Und was soll ich bei dem Baum, in dessen Schatten er in Meditation ruhte? Auch der Baum unter dem ER seinen Jüngern lehrte, der ist entweder verdorrt oder gewachsen, ist nicht mehr derselbe Baum, wenn nicht gar sein Holz einer toten fleischlichen Hülle als Scheiterhaufen für den letzten Weg diente. Denn, was sollen einem irgendwelche Orte und Geschichten, die Fremdenführer tausendmal in gleichen Worten für ein paar Rupien erzählen? Ist es nicht vielmehr so, daß man die Perle lieben soll und nicht seine Zeit damit vertun, die leeren Schalen der Muschel zu suchen?

Bambus

Er wächst, der Bambus. Wie das Leben wächst er und wuchert wild zu Wäldern ohne Bäume. Röhre setzt sich auf Röhre. Die äußeren Hüllen fallen bräunlich verfärbt zu Boden, wenn sie zu eng werden oder verdorrende Blätter neuem Grün weichen, die sich einen kleinen Platz am Licht suchen. Wie eine Armee von Speeren drängt es dorthin, von wo die Sonne ihr Licht gibt. Und die Abgestorbenen fallen, wie einer Mutter Söhne im Kampf zu Boden, wirr und beraubt der Ordnung der Schlacht sinken sie auf die Erde, die sie düngen, die gleiche Erde aus der schon bleich die nächsten Sprossen ans Licht durchbrechen, sich nach Nebel und Strahlen sehnend, noch weich und verwundbar mit ihrem einzigen gerollten Blatt. Alles wächst wie das wildeste Unkraut in herrlicher Ordnung, verdorrt, fällt, wächst erneut in einem Kreislauf eines einzigen Bambus, der immer ist. Ob der Bambus, wachsend in tausenden Arten den Schmerz spürt? Den Schmerz des Hungers, gelindert, wenn die Eß-Stäbchen die grün-weißen Bambussprossen zum Gaumen schieben. Spürt er den Schmerz des nahenden Todes, wenn sich ein Bambusspeer in den Bauch bohrt, vielleicht den selben, den die Sprossen noch kurz zuvor nährten? Wüster und unverwüstlicher Wald von ewig gleichem und ungleichen Bambus ragt grün, gelb und braun in den Himmel, liegt verwitternd und wirr zwischen neuen Halmen. Immerfort währendes Werden und Wachsen und Dürren und Verfaulen und braun, gelb, grün ohne Ende und Anfang. So steht er da ohne Sinn, ohne ein Ansinnen.

Chinesischer Garten

Frühlingsmorgen in einem chinesischen Garten. Die Singvögel lärmen melodisch in den Zweigen der großen Bäume, und zwei Amselhähne kämpfen im Bambusgehölz. Der Bambus treibt neues, zarteres und grüneres Grün. Die Amseln schimpfen und werfen Laub bei ihrem Kampf in die Luft, als ich vorübergehe.

Eben hatte ich noch dreiviertel einer Stunde in der kleinen Pagode dem Rauch zugesehen, der sich in blauen Wölkchen, manchmal vom Wind gescheucht, in den Himmel zog. Die Räucherstäbchen hatte ich an diesem Ort des Friedens mitgebracht, dann in eine Fuge zwischen die Steine der Pagode gesteckt, sie mit der freien Hand beim Entzünden vor der Zugluft geschützt. Bis sie herabgebrannt waren und die letzte Asche zu Boden fiel, von Anfang bis Ende, habe ich sie meditierend betrachtet. Drei Düfte mischten sich. Nun bin ich bei der kleinen Brücke aus Holz, die über den künstlichen Teich führt. Enten watscheln schnatternd an Land. Einige Seerosen wiegen sich auf runden wächsernen Blättern, schlafen aber noch den Traum der späten prallen Knospen. Die Sonne scheint bleich in schrägen Strahlen, leuchtend doch ohne wärmende Kraft, spiegelt sich, bricht ihre fahlen Strahlen im Spiegel des Teiches.

Ich bleibe stehen. Lehne mich auf das Geländer. Fette Goldfische schwimmen vorbei. Einer taucht auf, glotzt mich an, tauch unter und schwimmt ungerührt weiter. So beschließe auch ich weiterzugehen. Wenn man sich langsam bewegt, dann kann man auch in diesem kleinen Garten eine Weile spazieren: Vorbei an dem kleinen Wasserfall, zum Beispiel. Das Rauschen des Falls fesselt die Sinne mehr als der Anblick des mutwillig nach oben gepumpten Wassers, welches das Auge fließen sieht, denn man sieht, das es menschliches Werk ist. Das Ohr macht da keinen Unterschied, sobald ich die Augen schließe. Ein Gärtner muß gekommen sein, ohne daß ich es merkte. Er nimmt seine Harke und fegt das Laub des vergangenen Jahres. Ein gleichförmiges Kratzen von Metall auf Stein schabt vor und zurück, zurück und vor. Fast alle Geräusche hier verbreiten oder hinterlassen Ruhe, auch die Stille, wenn Amseln und Enten schweigen, dann vermeint man den Goldfisch reden zu hören.

Bald werden Leute kommen. Weitere Besucher werden sicher den Garten aufsuchen, um zu zerstören, was sie nicht wirklich suchen. Zeit, mich umzuwenden, umzudrehen, Zeit auszuatmen und zu gehen. Und nun gehe ich durch das steinerne Tor, das vor Zeiten mit Ziegeln gedeckt wurde, in die man (mir leider nicht leserliche) Schriftzeichen einbrannte. Vorbei gehe ich an chinesischen Löwen, gemeißelt in Stein. Jetzt muß ich weg, nun soll ich gehen, damit ich noch ein Stück der Stille, die ich geatmet, noch ein Stück meines Weges mit mir tragen kann, es entwenden, bevor es mir jemand mit Sätzen zerreden kann.

Zen-Raum

Da bin ich nun hier, hier in einer der am dichtest bevölkerten Städte Europas. Dort lebe ich zur Zeit, an einem Ort wo Menschen eng aufeinander hocken und es kaum eine Möglichkeit gibt, einander zu entrinnen. Für einen Ostasiaten oder Inder wären die Schmerzen dieser Enge noch ein Luxus, für einen Eskimo oder Lappländer ein schneller schmerzhafter Tod. Nun sitze ich hier und habe und bezahle diese viel zu große Wohnung. Dennoch ist sie billig, im Vergleich mit dem was man hier sonst so zahlt, und dennoch ist sie meinem Beutel zu schwer zu tragen und zu zahlen.

Natürlich werde ich untervermieten müssen. Es ist auch nicht so, daß ich das Problem der Unachtsamkeit überlassen hätte oder einem Schicksal, das tut, was immer es möchte. Aber meine neuen Mieter reisen erst in acht Wochen an. So habe ich jetzt einen kleinen Raum, der mir zum Schlafen dient, ein sparsam möbliertes Arbeitszimmer, eine riesige heruntergekommene Wohnküche, ein Bad mit einer gewaltigen Wanne, ein mehr als notdürftig eingerichtetes riesiges Wohnzimmer und einen kleinen Raum, der ein Fenster hat, mit einem schönen Blick auf Dächer, Schornsteine und Hinterhof. Dieser Raum ist von jeglichem Wohnmüll und Möbel-Sperrmüll verschont. Verschont von Holz, Glas und Metall für eine Zeit. Ein von der Zeit verschonter Raum, auf Widerruf. Räumliche Leere: ein Raum, klein aber zum Bersten gefüllt mit Platz, Luft, Ruhe.

Dieser Raum steht in einer Stadt, in der Wanderarbeiter zu acht in einer Besenkammer zu nächtigen versuchen. Ob das gerecht wäre, fragt eine Stimme in mir, eine andere antwortet darauf mit der Frage, woher ich denn wüßte, was denn gerecht sei? Ob ich schon so weit auf dem Weg wäre, daß ich glauben könne zu wissen, wie Karma wirkt? Nein, antwortete ich mir und beschloß zu schweigen. Am besten aber schweigt man in einem leeren ruhigen Raum, einem Raum, der von der Unrast anderer Trennung ermöglicht. Wann und wo auch kann man tiefer schweigen, als bei einer tiefen Meditation in eben einem solchen Raum? Also dachte ich, ich kann ja täglich eine Stunde mich dort versenken. So möblierte ich mir dieses jungfräuliche Zimmer zu diesem Zweck: Als Punkt, an dem die Augen Ruhe finden sollten, heftete ich ein schwarz-weißes Yin-Yang in Augenhöhe an die weiße Wand. Damit war das Zimmer tapeziert. Ein Halter für Räucherstäbchen, indische Holzarbeit, stellte ich darunter. Daneben legte ich Räucherstäbchen und Streichhölzer. Ein hartes rundes Sitzkissen war schnell gebastelt, auch wenn es im Esoladen oder im Direktimport bessere gibt. Aber es ist immer noch gut genug, lange Zeit still darauf zu sitzen.

Und so setzte ich mich, legte die Füße auf die Oberschenkel, pendelte mich ein, so lange, bis ich gerade saß. Die Sonne stand hoch, wenngleich schon nach Westen geneigt. Es folgten einige Übungen zur Beruhigung des Atems und andere Übungen, mit deren Hilfe ich hoffte, wirklich gerade sitzen zu können. Ruhig geht der Atem in die Nase ein und aus der Nase aus, aus dem rechten Nasenloch aus, in das linke ein, dann beide wieder offen, aus und ein und aus... Nur eine Stunde wollte ich zum Gruß an diesen stillen Raum schweigen, schweigend mich versenken. Langsam komme ich wieder zu mir. Eine Stunde wollte ich eigentlich nur der Illusion entfliehen. Doch nun ist schon die Dämmerung eingebrochen in jener Welt, deren eigene Art von Täuschung mich nun wieder streift. Etwas schmerzen die Muskeln, was sie aber nicht sollten. Langsam, aufmerksam und gemessen erhebe ich mich von dem Kissen, verneige mich kurz, eine Verneigung vor niemandem. Ruhige Schritte tragen mich zur Tür, die meine Hand öffnet. Ich sollte am besten ins Wohnzimmer gehen und mich dort auf dem Teppich noch ein paar entspannende Yoga-Übungen einlassen...

Nr. 14394

Hier und Jetzt

Menschen, die keinen Glauben haben, biegen sich wie das Schilfrohr in jedem Wind; Menschen, die den Zweifel nicht kennen, werden gemolken wie die Kühe. Diese Einsicht führt mich auf seltsame Pfade, weg vom Unglauben und der Gläubigkeit meiner Zeitgenossen zu einem Winkel im Garten des Buddha, wo schon nichts mehr geglaubt werden muß. Es ist merkwürdig, daß man als Deutscher diesen Pfad am schnellsten über die Reformation findet. Protestanten haben den Lehren des Ostens in der Mitte Europas die Tür geöffnet und das Tor weit gemacht. Als sie aus den Kirchen alle Bilder geworfen und aus dem Himmel die Heiligen verbannt, so konnte jeder mit der entstandenen Leere anfangen, was immer er damit wollte: Die einen verfielen dem Glauben der Aufklärung, der ins Leere stößt, andere entleerten ihre Seele, um sie mit dem Materiellen zu füllen, was so ist, als tränke man das salzige Wasser der Meere gegen den Durst, manche suchten den alten Glauben wieder, der lange vorher die Welt erklärte... Wieder andere nahmen den Himmel, dem nun die Sterne geraubt waren zum Anlaß, nach noch größerer Schwärze über sich, um sich und in sich zu suchen: Und aus dem Osten kam die Lehre von der wahren Leere hinter allen Illusionen.

W^{eg}

Nicht will ich jemandem folgen,
noch will ich zu folgen auffordern;
nicht bin ich bereit zur Nachfolge gegen jemanden,
noch gewillt, jemanden in meinem Schatten wandern zu
sehen. Wie kann ich auch jemandem folgen, da niemand
einen Weg wußte. Warum sollte ich den Weg weisen,
da ich noch selber auf einem Weg, weder weiß wohin
er führt noch dieses Wissen möchte? Allerdings werde
ich den Weg gehen, so lange es Kunde von mir gibt, bis
daß sich dieser Weg in Nebeln verliert. Daher werde ich
niemandem an einem Tag, der so hell ist, das er blendet,
eine Kerze anzünden, ihm den Weg, der auch noch seiner
und damit nicht meiner ist, zu beleuchten. Gar damit er
wisse, was gut und richtig, falsch oder wahr sei? Nein,
so geht es nicht! Ich habe weder Rat noch Ratschlag.
Wer hier zu finden sucht, soll am besten sich ein anderes
suchen: Ein Buch, das ein großer Seher, Priester, Ratgeber
oder Seelenführer verfaßte; jemand der lenken, helfen
oder einfach herrschen will. Ein Buch, das Lebenshilfe
verspricht, sollte sich derjenige dann besser kaufen auf
dem großen Markt der Möglichkeiten, bestellen aus
der riesigen Auswahl gepriesener Angebote. Nicht aber
ich möchte das Angebot um ein weiteres beliebiges
erweitern. Helfen kann ich nicht. Nur kann ich sagen,
das es mir aber auch fern liegt, die Dinge, die mich
bewegen, zu schmähen als da wären: Sonnenaufgänge,
den Geruch des Waldes im Herbst, eine Schale aus
Silber, ein Lachen im Wind und all die Augenblicke,
die einen für einen Moment vergessen lassen...

Nr. 14392

Weg in die Wüste

Es gibt keinen Grund im Häßlichen zu verharren, betete ich, so lange ich noch beten mußte; so sage ich DIR, wer immer DU auch seist. An häßlichen Orten habe ich versucht, DEINE Stimme zu hören. Vielleicht, dachte ich, hört man sie dort besser. Aber wie dem auch sei, ich kann und möchte das nicht mehr. Wiewohl ich versuche, alles Wünschen zu verlernen, dem Wollen abzusagen, so habe ich doch noch den Traum, den Rest des Leidens an dieser Geburt im Fleisch an anderen Orten zu sehen. An Plätzen, die das Auge nicht beleidigen, die Nase nicht quälen und die Ohren nicht peitschen. Es ist nicht so, daß es dort angenehm sein sollte. Es sollte eigentlich gar nichts mehr irgendwie sein, sollte ich nichts mehr wollen. Aber bis dahin noch dieser eine, letzte Wunsch. Der Wunsch an DICH, wer DU auch sein magst, meinen Weg dorthin zu führen, wo nicht der Augenblick der einzige Schutz meiner Seele und die Hände an den Ohren nicht der einzige Ort meiner Ruhe sind.

Wen ich jetzt anspreche im Gebet hinter leeren Himmeln und vor allen Illusionen, das kann ich nicht sagen. Aber noch muß ich sprechen. Das wird sich schon noch geben. Aber vielleicht bete ich noch einmal, damit ich ein Echo zwischen den Wänden steil ragender Berge erzeuge und zum Klingen bringe, ein Echo, das mir die eigenen Stimme entfremdet und mir durch den Widerhall den Weg weist. Den Weg, weit weg von hier, näher und noch weiter weg von mir. Nichts will ich sehen, als einen Pfad zu gehen, auch wenn der Fuß an Steine stößt und Dornen am Gewand reißen.

So kann ich den Krach des Gebetes mehr als eine Unruhe verstehen, der große Ruhe folgen wird; wie es im Auge des Sturms am stillsten ist, wird hier die Versenkung anfangen. Der Letzte Wunsch, nur den Anfang des Weges zu finden, so wie man nur den Anfang des Wollknäuels braucht, um es aufzurollen, Meter für Meter.

„Wohin?"

Diese Frage habe ich nicht gehört, und hätte ich sie gehört, nicht verstehen kann ich sie mehr.

„Warum?"

Noch so eine Frage...

Was aber bleibt, ist die Ahnung einer großen Wüste, durch die ich laufen könnte. Wandern und schreiten durch heißen Sand, sonnenverbranntes Geröll bei Tag, laufen des nachts über Salz und eiskalte scharfkantige Steine. Einen Weg gehen, schwitzend, frierend, mit Salz auf den Lippen, Sand knirscht zwischen den Zähnen. Wüste: Von außen so leer wie meine Seele sein soll: Sich innen von Bildern fortlaufend reinigend. Vergessen die Gebete und Ansprachen; langsam läuft das Bewußtsein aus mir, rinnt weg wie Sand aus einem Loch in der Tasche, rieselt als meine sich verwischende Spur auf den Weg, jenen Weg, der hinter mir zurückbleibt, um sich wieder vor mir aufzutun...

Wüste

Der Freude kann man vergleichsweise leicht absagen, an den Schmerz kann man sich schneller gewöhnen, als die Angst davor es einen glauben machen möchte. An wirklich vieles könnte man sich gewöhnen. Aber unbarmherzig verfolgt mich etwas. Daher bringt mich die gehende Meditation an die Ränder, nein den Rand der belebten Welt. Ich finde mich wieder in Übergang von immer spärlicher werdenden Gräsern. Mit dem Schwinden des grünen Grases wird immer weniger gelbes sichtbar am Wegesrand. Und als die Halme nur noch braun im Wind winken, da scheinen die Steine immer besser zu gedeihen. Es ist so, als wüchsen Steine besser, je weniger und brauner das Gras der Steppe in Sand und Steine der nahen Wüste übergeht. Immer wieder versuche ich mich in die Meditation zu versenken. Immer wieder taucht meine Seele daraus auf, wie ein Korken, der nur so lange unter Wasser bleibt, wie er unter die Oberfläche gedrückt wird. Und der Abstand zu meinem Verfolger verkürzt sich im Moment des Auftauchens zu nichts. Aber wenigstens gibt es hier wenig zu sehen. Gleichförmig wellt sich eine Landschaft vor meinen Augen, die man nur schwerlich so nennen kann, denn es gleicht sich ein Ausschnitt den das Auge nimmt so sehr dem anderen, daß sich das Muster eher für eine Tapete als für ein Bild eignet. Nur die Sonne stört die Gleichförmigkeit und das Verlieren unangesprochener Sinne. Da ist sie wieder: die Illusion. Willkommen! Du hast mich wieder eingeholt.

Nun glaube ich wieder, daß es etwas gäbe, das getan werden müsse. Schon die Illusion der Illusion zu entfliehen, ist eine Illusion, vielleicht sogar die Wurzel oder die Mutter aller bunten Bilder? Es gibt hier wenig zu sehen. Das sagte ich schon. Vielleicht ist dieser Ort für mich gefährlich. Die leere Fläche lädt mich dazu ein, mit meinem unruhigen Geist noch mehr Dinge zu denken und erfinden, als mir von außen vorgespiegelt werden. Schlimmer noch: Der Wunsch meiner denkenden Kraft sich auszubreiten auf dem weißen Blatt der immer leerer werdenden Landschaft, Fata Morgana der inneren Unruhe. Wenn ich mich einer solchen Luftspiegelung umgebender Illusionen hingäbe, wanderte ich in das Verderben eines Todes aus Hunger und Durst. Gäbe ich mich der inneren Spiegelung hin, ja was kann dann geschehen?

Nein, daran sterben werde ich nicht augenblicklich oder nach Tagen. Aber ich könnte versehentlich einen Gott erfinden, der aus der Leere des Raumes zu mir spricht. Vollkommen ohne mein Verschulden würde ich eine Stimme vernehmen, die es nicht gibt, würde sie hören in dem Wind der hier weht oder im Donner eines hier seltenen Unwetters. Dann würde ich beginnen zu predigen und zu glauben und unsägliche Dinge würden dahinter auf mich lauern. Nein. Dort hinten sehe ich eine Linie am Horizont, die Höhenlinie eines Gebirges flimmert kaum in der heißen Luft. Dahin werde ich besser gehen.

Jammertal

Alles ist Leid und das Leid ist schwer zu vermeiden. Vier Pfade zu leiden und acht weise Wege das Leid zu umgehen, und so gehe ich, es nach Möglichkeit zu vermeiden. Wandere mit Stab und Schale durch die Gebirge jenseits der Wüste. Dort wo die Luft, die unter die Kutte dringt, mich mehr kühlt, als angenehm ist. Wie scharfe Kanten eines diamantenen Messers schneidet mir die Kälte in die Nase, von außen wie von innen. Über allem ist klare Luft in einer ungerührt hellen Sonne, die mit ihrem Licht alles erleuchtet und nichts erwärmt.

Ich gehe weiter. Die Kokosnuß-Schale schlägt ab und zu gegen meine Schenkel. Es war schon lange kein Reis mehr in ihr. Das Fasten macht die Sinne heiter. Die Schwäche werde ich erst viel später spüren. Aber dann wird es schon wieder Reis und Tee geben, oder Wasser wird in einem Gebirgsbach fließen, klares kaltes Wasser, das die Hände, zur Schale geformt, den rissigen Lippen und der dürren Kehle darbieten werden. Wasser, so kalt, daß ich es nur in kleinen Schlucken werde trinken können, so eisig, daß es fast zu brennen scheint, wenn ich es schlucke.

Oder auch nicht, oder es kommt eben nichts. Wer weiß das schon? Man kann auch vertrauen, ohne zu wissen, man kann sogar besser vertrauen ohne Wissen was kommen soll, vor allem ohne daran zu denken, daß man glaubt, wissen zu können, kann man noch besser vertrauen, wenn man das überhaupt alles braucht.

Gedankenlos und gedankenverloren merke ich, daß ich schon lange Paß und Gipfel verließ. Daran, daß ich weniger friere, merke ich, daß ich den Anfang eines Tals erreiche. Das Licht läßt im Laufen nach, wird von den Felsen und Wänden zu beiden Seiten des Weges nach und nach geschluckt. Halt ein Tal, auch ein Teil gebirgiger Wege, an denen der Fuß an Steine stößt, an große und kleine. Die Sandalen haben sich lange schon aufgelöst, vor einer Weile, lange hinter mir. Vorher habe ich sie mit Fäden aus meinem Gewand ein letztes Mal geflickt. Und später ließ ich die Überreste meiner Schuhe, an denen nichts mehr zu retten war, am Wegesrand zurück. Setzte mich kurz auf einen Stein und ging dann barfuß weiter. Wandern, laufen, versenken, erwachen, kurzes Nachdenken, versenken...

Und auf einmal sehe ich hinter einem Stein eine Gestalt. Ist das schon der Wahn des Hungers, den ich nicht mehr fühle? Oder ist das einer jener Steine, die im Lauf der Zeiten von Sonne, Wind und Regen so behauen, geschliffen und poliert sind, daß sie aussehen wie kunstfertig hergestellte Skulpturen? So etwas gibt es im Gebirge, und nicht selten erschreckt es den einsamen Wanderer. Nein. Der Stein bewegt sich. Also ist der Stein kein Stein und wahrscheinlich auch kein Wahnbild des Fastens. Es muß wohl ein Zweiter sein, der sich an diesen einsamen und unwegsamen Ort verirrt hat. Was tut der Andere dort? Egal. Er wird hier schon irgend etwas tun. Und wenn er mich ausrauben möchte, dann kann ich ihm noch meine Eßschale, meinen Wanderstab und meine Kutte geben und ihm sagen, wo ich meine Sandalen zurückließ, sofern ich mich erinnern sollte, wo das noch genau war, als ich begann, barfuß zu laufen.

Nur wenn er nach etwas zu Essen fragen sollte, kann ich ihm nichts geben oder sagen, wo es etwas gäbe, ich könnte ihn höchstens fragen, ob er nicht noch etwas hätte..., ..., ich faste ja nicht aus Mutwillen, sondern weil der Reis alle, das Brot gegessen, der Tee gekocht und getrunken vor Tagen, und nichts davon übrig ist. Auch ist hier kein Holz und den Feuerstein habe ich auch aus Gleichgültigkeit oder Unachtsamkeit verloren. Nicht das jetzt daran was schlimm wäre. Aber ich kann ja fragen, oder es lassen zu fragen, man wird ja sehen oder auch nicht... diesen Gedanken nicht beendend erreiche ich die Talsole und damit den Platz und Ort, an dem eine gebeugte Gestalt auf einem Stein sitzt.

Als ich nahe genug heran bin, hebt das Wesen an zu klagen und bringt Worte hervor, jammert mit einer Stimme, die bestimmt auch Basalt erweicht und Granit zum fließen bringt: „Meinst du nicht auch, daß diese Welt ein schlechter Ort ist?"

Ich schweige und er nutzt mein Schweigen, um fortzufahren: „Es ist eine Welt, auf der alles schlecht ist und ich, ich bin mit Leid und Kummer geplagt! Die Menschen sind ungerecht und böse zu mir gewesen alle Zeit."

Na gut, denke ich, ich werde antworten. Antworten werde ich, weil das Schweigen hier genauso anstrengend ist und nutzlos in einem Fall wie diesem. Mit vom langen Schweigen brüchiger und von Durst rauher und vom Staub hohler Stimme sage ich die tröstlichen Worte: „Es tut mir leid." Entsetzt starrt mich der Wanderer an, springt auf und rennt, rennt und versucht mir zu entkommen. Merkwürdiger Geselle. Eine Staubwolke zeigt mir noch lange, daß er in die Richtung entfloh, aus der ich in das Tal gekommen war.

Langsam geht es mir auf und wird mir klar: Das also ist das Jammertal, von dem die Christen so oft reden: Ein Tal ist da, und es war auch jemand da, der laut und vernehmlich jammerte. Nun ist er weg. Nur noch ein Tal ist übrig, allerdings ohne Jammer. Das Jammertal scheint also eine vorübergehende Erscheinung zu sein, wie tröstlich. Dafür hat der Jämmerliche einen Beutel hier stehen gelassen. Ich öffne den Sack und sehe hinein. Da ist tatsächlich ein großes Stück Brot, eine große Flasche voller Wasser, eine kleine Flasche, halb voll mit Wein, ein trockenes Stück Käse, alles in dem vergessenen Sack verstaut. Dann setze ich mich hin und bereite mir auf einem Stein einen Tisch im Angesicht von Stille und Leere. Eine Stunde noch warte ich auf den Besitzer der guten Gaben. Er bleibt weg und so beginne ich langsam zu trinken und zu essen. Alles sehr behutsam in winzigen Schlucken und Bissen, um den ungeübten Bauch nicht zu reizen.

Müde werde ich nach dem Festmahl. Nach kurzem Schlaf auf einem gemütlichen Stein erwache ich etwas träge; aber dann fühle ich mich unendlich gekräftigt und erfrischt. Ich stehe auf, denn ich beschloß bei mir, das Tal noch bei Tageslicht zu verlassen. Der Andere besteht anscheinend auf seinem Verschwinden und nicht auf seinem Eigentum. So ziehe ich mit den Zähnen, feiertäglich gestimmt, den Korken aus der anderen Flasche und trinke noch einen Schluck des sauren Weines, der als Rubin in der Abendsonne kurz leuchtet. Leichten Fußes aber beschwert mit einem neuen Beutel, Brot, Wasser, Wein, Käse, einer Eßschale, alles über den Rücken geworfen und an meinem Stecken baumelnd, die Last des flüchtigen Besitzes tragend, verlasse ich das Tal. Der Wein macht mich für kurze Zeit beschwingt beim Wandern durch eine Welt, auf der das Wandern manchmal wirklich beschwerlich ist.

Kiefer

Karg steht der Baum auf noch kärgerem Felsen. Wurzeln haben sich tief in den Stein gebohrt oder diesen umschlungen. Kalt ist es hier, neblig, es regnet oft, und wenn es nicht regnet, dann schneit es, und wenn die Sonne diesen fernen Platz nicht versengt, dann zerren Winde und Sturm an Ästen, Zweigen und Nadeln. Harte Zapfen, die so bitter sind, wie das Haupt des Baumes schütter ist, liegen herum oder reifen noch. Warum sitze ich hier so oft unter diesem Baum bei verschiedenen unguten Wettern? Denn jedes Wetter hier schmerzt auf der Haut, genau so wie alles Leid ist auf dieser Welt. Doch sitze ich hier unter der Kiefer, die sich ohne Beschwerde, ohne in die Klagegesänge einzustimmen, die der Wind ihr singt, hier ärmlich und stumm steht. Eine Kiefer, die hier auf dem Gipfel, an einem trostlosen Ort sich in Felsen verbeißt, da stellt sich mir die Frage: Die Frage stellt sich mir, warum ich mich denn immer noch so in dieses Leben verbeiße; in ein Leben, in dem ein jedes Wetter und jeder neue Tag nur immer andere Schmerzen bringt?

Über Halden voller Geröll und steinige Pfade gehe ich, so oft ich eben kann, auf den Gipfel, wo die Kiefer ohne Erwarten steht. Mal breche ich bei Sonnenschein auf und merke, wie mir beim Aufstieg der Schweiß von der Stirn brennend ins Auge läuft. Dann beginnt auf einmal ein Wind angenehm zu kühlen, dort wo die Bäume weniger werden und das Gestrüpp stachliger wird. Wenn dann Regen oder Schnee aus den Wolken fallen, die der selbe Wind meist mit sich bringt, fang ich an, bitter zu frieren und steige schneller den Pfad nach oben. Oft begrüßt dann heulender Sturm den Ankömmling auf dem Gipfel, oder ein Schauer schneidenden Eises regnet kurz ab. Unter der Kiefer lasse ich mich nieder, sitze unter ihrem Stamm, der mir kaum Schutz bietet.

Aber warum sollte er denn auch, da ich ihn auch weder nähre noch schütze? So stehen dann Mensch und Baum malerisch in einer Landschaft, die man am besten mit schwarzer Tusche und wenigen Pinselstrichen auf einen gerissenen Bogen weißen Papiers malen könnte. Es ist ohne Zweifel zu schön, als das ich mich beklagen wollte, und sooft ich kann, komme ich hierher, ohne Zwang und nur aus eigenem Antrieb, von Willen zu reden wäre nicht recht. Denn hier ist niemand, nichts ist hier, daß zwischen mir und der Leere steht, nichts ist da außer diesem Baum, und auch dieser steht nur dort, von wo aus ich ihn gerade betrachte.

Trotzdem habe ich hier oben vieles gesehen: Den Umlauf aller Gestirne, die Sonne in allen Winkeln des Tages und des Sommer- und Winterhimmels, alle möglichen Formen der Wolken haben meine Augen ziehen gesehen, wachsen und schwinden, von Ost nach West, getürmt und geschichtet von Süd nach Nord und umgekehrt treiben sie, wie es dem Wind gerade gefällt. Und gesehen habe ich kaum die Hand vor Augen hier oben, wenn Nebel in allen denkbaren Farben von weiß bis grau vorüberziehen oder in der Luft stehen. Und manchmal hört man hier den Steinschlag den Augenblick einer großen Stille zerbrechen, und immer wieder lauschte und lausche ich dem Wind bei allen seinen Gesängen.

Ansonsten gibt es hier viel nichts und den Baum: Eine verkrüppelte Kiefer auf Stein. Ich denke nicht, daß es der Kiefer Wunsch war, hier zu wachsen, noch glaube ich, daß ihr der Ort widersteht. Wir alle kommen allein in diese Welt. Nein, nicht daß die Welt ein Haus mit Ein- und Ausgang wäre, und verlassen sie in der selben Einsamkeit. Um es klarer zu sagen: Jeder beginnt und beendet seinen Traum in Illusion und Leid ohne den anderen, geht und kommt als einsamer Gast.

An einem Tag brach ich wieder auf, von meinem Lager, nach oben zu gehen. Der Bach murmelte in der anderen Richtung nach unten, vorbei an mir und ich vorbei an ihm. Sonnenstrahlen brechen sich in seinen Wellen und machen mich fröhlich. Ich spüre einen Windhauch auf der Haut.

Dort wo das Gestrüpp beginnt, sich in Dornen zu kleiden, dort wird aus dem Hauch ein Wind, der aus Wolken schnell Landschaften, Berge und Türme baut. Als ich übers Geröll laufe, das polternd zu Tal rollt, zacken erste Wetterleuchten am Horizont, als versuchten sie, mich zu warnen. Warnen, wovor und warum? Weiter auf dem Weg, gehend und steigend. Regen durchnäßt jetzt mein Gewand und der Wind kühlt unangenehm und schneidet in die freie Haut.

Tropfend und frierend folge ich dem gewohnten Weg. Immer bin ich bei allen Wettern nach oben gegangen. Warum sollte ich gerade heute dann umkehren? Kälte und Nässe ringsum, wenig Sicht und schwarze Wolken, aus denen zackige Blitze fahren.

Immer näher brechen die sägenden Lichter aus der Finsternis und werfen für Augenblicke Licht und Schatten über Felsen, Berge und Täler, erhellen eine Welt ohne menschliches Maß, Verstehen und Bedauern.

Im Licht der Blitze sehe ich immer näher den Schattenriß der Kiefer, ein wiederkehrendes Licht auf das Ziel meiner Reise, scharf und unwirklich beleuchtet von himmlischem Feuer und sofort wieder getaucht in undurchdringliches Dunkel. Dann, ganz nah, ein schräger Zacken Licht, ich falle zu Boden. Kurz vor dem Ziel schütze ich das Gesicht mit den Händen, höre einen Knall explodieren.

Der Schreck vergeht und mein Gesicht wendet sich nach oben, als ich mich vom nassen Fels erhebe. Und was muß ich sehen: Äste der Kiefer liegen verstreut und ich sehe den Stamm der Kiefer brennen. Harziger Rauch in der Luft und der Regen hört auf, als hätte jemand einen Wasserhahn zugedreht, der nun nur noch tröpfelt. Nicht einmal eine Stimme aus dem Feuer sprach zu mir. Nur eine vom Blitz zertrümmerte Kiefer, deren Stamm noch lange qualmend brannte. Dann kam das Wetter zurück und löschte spät das Feuer. Kurz darauf: Schräge Strahlen der Abendsonne brachen durch die Wolken und der Wind beschloß, das Wetter mitzunehmen, an einen anderen Ort.

Die Sonne brach durch und leckte langsam das Wasser von den Steinen. Aus dem Stumpf stieg noch ein kleines Fähnchen Rauch in die Himmel. Ich setzte mich daneben. So allein wie man kam, wird man einst gehen. Es wurde Nacht. Die Kleider waren trocken und ich erhob mich. Über mir sah ich an dem Gang der Sterne, daß ich lange gesessen haben mußte. Im Gehen stieß mein Fuß an etwas, das zur Seite rollte. Ich bückte mich um zu sehen, was es wäre:

Es war kein Stein, es war…

ein Kiefernzapfen.

Aufmerksamkeit

Sterne tanzen vor meinen Augen, dann wird es Nacht. Nacht umfängt meine Sinne und dunkel wird es, weil ich nicht aufmerksam war. Was heißt auch schon „nur kurz abgelenkt"? Dieses „nur kurz" war im falschen Augenblick. Keine Frage von Schuld oder Fehler, sondern nur eine Frage dessen, ob ich aufmerksam war. Diese Frage hat sich in dem Moment, einer Spanne zwischen zwei Sekunden, von selber beantwortet: Nicht achtsam.

Was war es, das mich genau dann ablenkte, als es besser nicht hätte sein sollen? Ganz einfach: Es war nicht der Sonnenstrahl, der mein linkes Auge zum Blinzeln brachte, denn das rechte Auge hätte genug gesehen. Auch nicht die Fliege, die sich eine vermutete Stunde auf meine Nase setzte und mit kitzelnden Beinen dem Schweißtropfen folgte, der von der Stirn lief, um im Kragen des Panzers zu verschwinden. Auch schmerzten die Muskeln der Beine nicht. Ich stand gut, sicher und balanciert, schulterbreit und mit dem Rhythmus des langsamen gleichförmigen Atems, ein und aus, aus und ein, in Wechsel von Spannung und Entspannung, das Gewicht von einer Seite auf die andere gleiten zu lassen und zurück. Auch der gebogene rechte Arm und der gestreckte linke waren genau in dem Gleichgewicht, daß ich mit einer Bewegung hätte angreifen können, mit der entgegengesetzten konnte ich einem vermuteten Angriff ausweichen. Oder mit etwas mehr Routine hätte ich es wagen können, ein Treffen der Schwerter... nein, dafür fehlt mir wirklich noch die Übung. Der Staub tanzt in schrägem Sonnenlicht in der Luft der

Halle. Die Geräusche weben einen grauen Teppich, in dem kein Ton harmonisch zu einem anderen paßt, und ich hörte auch nicht hin. Also, ich war im perfekten Gleichgewicht aus Atem, Muskeln und Blick, hatte ihn im Auge, daß mir nicht die kleinste Bewegung entging.

Blicklos war ich auf seine größere Ruhe konzentriert. Doch dann wurde ein Gedanke in mir laut und störte meinen inneren Einklang. Gedanken: Das sind die Illusionen von Zusammenhang, Wichtigkeit und Bedeutung, was das auch immer heißen soll. Welcher Gedanke es war, der mich ablenkte, als ich mich besser gesammelt hätte, ich kann es nicht mehr sagen. Es ist auch gleichgültig. Was nach kurzer Umnachtung fühlbar bleibt: Ein dumpfer klopfender Kopfschmerz. So liege ich auf dem harten Holz des Bodens dieser Halle, wie ein Maikäfer, der auf den Rücken fiel und ein Summen und Brummen im Schädel wie von tausend brünstigen Maikäfern...

Der Meister kniet neben mir. Dann hilft er mir mit sparsamen Griffen auf die Beine. Gibt mir mit mißbilligendem Seitenblick und undurchdringlicher Miene mein Bambusschwert zurück. Wäre das Schwert aus Stahl gewesen und seines auch, dann wäre ich jetzt tot. Und hätte er sich mit seinem Bambusschwert ernsthaft zur Wehr gesetzt, dann wäre diese Inkarnation jetzt auch beendet. Die große Leere, es gibt schlimmeres. Aber das wäre dann auch wieder zu einfach, und Drama ist das Gegenteil von ZEN, wenn es davon überhaupt ein Gegenteil gibt. Mit einer kurzen und tiefen Verbeugung bedanke ich mich beim Meister. Bedanke mich für die Lehre, die er mir erteilte, nicht für die Hilfe beim Aufstehen. Das hätte ich zur Not noch selber geschafft, ohne Hilfe. Doch dann hätte der Meister zu lange auf mich warten müssen.

Wieder stehen wir in der Ausgangsstellung einander gegenüber. Wir verneigen uns kurz, heben die Schwerter und warten. Ich warte darauf, daß er sich bewegt und er weiß, daß ich wieder einen Fehler machen werde. Aber diesmal werde ich besser aufpassen. In meinem brummenden Schädel hat kein Gedanke mehr Platz. Es wird mir nichts nützen. Es wird genauso enden wie die drei Male davor, bei denen mir ein Meister zeigte, wer der Schüler ist und dazu ein unaufmerksamer.

Lächeln

Anfangs, als ich öfters zu lächeln begann, bemerkte ich es kaum. Meine Yogalehrerin hatte mir zu Beginn meiner Bemühungen ja versprochen, daß ich im Laufe langer Übungen gelassener würde. Ich wollte den Kurs verlassen, übte aber noch einmal Geduld. Nicht das ich geduldig gewesen wäre; ich sage ja: Ich übte Geduld (!), nicht ausüben, leider nur üben.

Die Räucherstäbchen brennen in der hölzernen Halterung. Zarte Schwaden blauen Rauches steigen in unruhigen Fäden zur Decke, erfüllen den Raum mit Düften, beruhigen die Seele. Die Abendsonne schickt einen Strahl durch das China meiner Teetasse. Sie ist die letzte ihres Services, gehütet wie der Augapfel. Die Tasse glimmt weiter im späten Licht. Das Licht scheint durch sie hindurch, verändert sie und verändert sie nicht, berührt sie und läßt sie unberührt, weder noch und doch beides, der Tee füllt sie noch halb oder sie ist bereits halb leer getrunken, der Tee ist grün, grüner Tee, grün, Tee, abgekühlter Tee. Das Korbschälchen, ursprünglich einmal Umverpackung getrockneter Feigen, wartet geduldig, daß die Tasse wieder dort gebettet wird. Wo es innen hohl ist, dort zeigt nicht seiendes Nutzen, bringt Abwesenheit Gewinn. Die Matte breitet sich über das Holz der Bodendielen. Das Kissen berührt die Matte, ich sitze auf dem Kissen. Mein Atem geht gleichmäßig, langsam, immer langsamer. Die Augen sind weder offen noch geschlossen. Der Rücken gerade, die Mitte gefunden, in unmerklichem Schwingen des Körpers um die innere Achse dieses Punktes. Die Achse bewegt sich, wenn ich etwas nach rechts rücke, sie kreist mit der Erde um die Sonne, mit der Sonne um die dunkele Mitte unserer lichten Galaxie, mit der Galaxie... die Achse steht gerade, ich korrigiere sie ausatmend einige Millimeter. Einatmen. Ich sinke in das Kissen. Das Kissen gibt nicht nach. Ich lasse den Atem fein aus der Nase, ziehe meinen Körper unmerklich nach oben, verspüre das feine Schwingen um die Mitte meiner Achse, sinke im Aushauch des Atems, die Augen offen auf einen Nagel in der Wand gerichtet. Die Augen halten den Punkt fest, ich halte mich an diesem Punkt fest. Punkt.

Das Zimmer liegt im Dunkel. Das Hirn schaltet langsam die Aufmerksamkeiten für alltägliches wieder ein. Langsam erwache ich aus der Meditation. Nein, ich sinke aus der Meditation wieder in das dunkele Dickicht meiner alltäglichen „Bewußtheit", dämmere wieder in der Illusion, die man die Wirklichkeit nennt. In einer gleitenden Bewegung erhebe ich mich. Verneige mich mit aneinander gelegten Händen nach vorne und beschließe damit die innere Einkehr. Früher hatten mir alle Knochen nach halb so langem Sitzen weh getan, und ich hüpfte manchmal auf einem Bein durch das Zimmer (Was die Nachbarn wohl dachten?), da mein Fuß eingeschlafen war. Jetzt nichts mehr von all dem. Entspannt und gelassen gehe ich durch das Zimmer. Meine Finger halten die Tasse, die ich in den Ausguß entleere. Das Wasser fließt über die zarte Wandung und meine Finger entfernen den Teerand von der weißen Glätte. Die Tasse steht wieder in ihrem Körbchen. Nur noch neue Kerzen in die Leuchter, die Asche aus dem Räucherständer entfernen.

Im Bad sehe ich versehentlich in den Spiegel. Wenn ich es noch sein könnte, wäre ich erschreckt. Ein feines Lächeln hat sich in mein Gesicht gegraben. Wasser läuft in das Becken. Mit beiden Händen forme ich eine Schale und benetze das Gesicht. Die Kälte soll mich erwecken. Immer wieder werfe ich Wasser ins Gesicht. Im Spiegel ändert sich nichts. Immer noch dieses milde Grinsen. Langsam schrauben meine Hände den Rasierer auseinander und entnehmen mit spitzen Fingern die Klinge. Das Wasser rinnt immer noch ins Becken, in dünnem stetigem Strahl. Der Schmerz weckt alle Sinne und rote Tropfen mischen sich mit dem bergkristallenen Wasser, als wollten sie einen neuen Edelstein schaffen. Obwohl ein Schmerz aus dem Schnitt in meinem Unterarm ausstrahlt, lächelt mein Mund in den Spiegel. Das Handtuch um den Arm geschlungen, verlasse ich das Bad. Die Blutung steht.

Es ist schon verwunderlich, was man so alles tut, obwohl, oder weil es keine wirkliche Bedeutung hat. Mit dem Lächeln werde ich wohl leben müssen. Hätte nie mit diesen buddhistischen Geschichten anfangen sollen... Yoga, Achtsamkeit, Meditation und dem ganzen Kram. Das habe ich jetzt davon: Von den zehntausend Gesichtern, die jeder Mensch hat, ist mir nur noch eins geblieben. Daß dieses mich nicht einmal mehr stört, das ist eigentlich das schlimmste, wenn es noch etwas gäbe, das ich jetzt, lächelnd, noch gut oder schlimm fände...

Helfen

Heute werde ich etwas Gutes tun. Ich werde helfen. Natürlich hat mich der Weg dahin gebracht, daß ich vom Helfen nicht mehr so viel halte. Aber ich bin kein Missionar und auch noch nicht erstarrt in einer Lehre. So will ich beim mittleren Maß bleiben und eben heute helfen. Denen werde ich helfen, die ständig darum bitten, daß ihnen geholfen werde, jenen, die ausschließlich davon leben,
daß ihnen jemand hilft, zu Diesen werde ich heute gehen.

Das Räucherstäbchen glimmt, ich lächele still. Das Wasser wirft im Topf kleine Blasen. Mit einer Tasse messe ich den Reis ab, der in das Wasser rieselt und dann den Bewegungen des kochenden Wassers folgt. Das Gas zischt schwächer, da ich es etwas niedriger gestellt habe. Dann rühre ich um, damit der Reis in seinem salzigen Wasser weder überkocht noch am Rand und Boden des Topfes zu kleben beginnt. Der Teekessel pfeift. Das aber erst später, als der Topf mit dem dampfenden Reis schon auf dem Tisch steht. Der Reis klebt etwas. Aber das muß er, damit meine Stäbchen ihn zu fassen bekommen können, um ihn in den Mund zu schieben. Und der Tee duftet in der Tasse. Heiß ist er, so wie er sein muß, und ich esse meinen Reis. Er schmeckt mir gut, eben nach Reis und etwas Salz, und ich esse die Handvoll, die meinen Leib für den Tag, spärlich aber ausreichend, ernähren wird.

Dann ist es Zeit zu gehen. Zeit zu helfen. Mit meinem Reistopf und einer Kelle gehe ich später die große Einkaufsstraße entlang. Dorthin gehe ich, wo die Bettler sitzen und die Passanten um Gaben bitten. Dort angekommen nehme ich den Deckel vom Topf. Jedem der Bettler tue ich etwas auf. Jeder von ihnen erhält von mir eine große Kelle Reis, mehr als die Hand voll und genug um einen Tag ohne Hunger davon zu leben. Ich erwarte nichts und schon gar keinen Dank. Hier ist weder Tibet noch Indien. Kleine Münzen kleben an dem Reis. Münzen, die man nicht essen kann und von denen ich keinen Tag leben könnte, weder mit ihnen noch ohne sie. Dann beginnt, was sich jeder vorher schon denken konnte: Ein Bettler nennt mich eine Sau und ein zweiter wirft den Klumpen Reis nach mir. Ich ducke mich wendig und geschmeidig ab, und der mit Cents garnierte Reis fliegt an meinem Ohr vorbei und klebt einer Passantin am neuen Pelzmantel. Zwei weitere Gestalten gehen auf mich los und schlagen und treten nach mir. Sanft und blitzschnell weiche ich Füßen und Fäusten aus, so wie es mich der Meister lehrte. Wie der Bambus wiege ich mich im Wind, und Schläge und Tritte gehn ins Leere. Das Gleichgewicht verlierend fallen sie auf das Pflaster der Einkaufsstraße, auf dem sie sonst so sitzen.

Ja, diese Bewegungen des Ausweichens lehrte mich der Meister, der gleiche Lehrer, der mir sagte, daß das Helfen niemandem etwas bringt. Recht hat er. Ich werde es auch so bald nicht wieder tun, und außerdem ist es schade um den Reis, von dem ich gut hätte eine Zeit lang leben können.

Das Klatschen der einen Hand

Wir haben drei Tage geschwiegen. Es ist kalt. Der Wind reißt an meinem mönchischen Gewand, wenn ich den Klosterhof fege, wenn ich das Feuerholz in die Küche bringe. Es ist auch drinnen kalt, während ich das Wasser in den eisernen Kessel gieße. Es fließt in einem gleichförmigen Strahl, beruhigt die Augen. Unablässig kreisen meine Gedanken um die Worte des Meisters. Keine anderen Worte kommen mehr in meinen Sinn. Nur: „Zeige mir das Klatschen der einen Hand!"... das Klatschen der einen Hand... das Klatschen...

Die rechte Hand rührt schnell, bis der Tee gut ist, die linke hält die Tasse, beide Hände reichen die Tasse dem Meister. Dann bereite ich mir mit der gleichen Achtsamkeit meinen Tee. Wärme breitet sich in den Händen aus. Beide Hände schließen die Tasse an die Lippen. Wärme fließt in den kalten Körper. Es ist Winter. In der Tiefe der Meditation spüre ich das nur noch entfernt. Beachte auch die Wärme, die der Tee bringt. Es ist schwer zugleich den Dingen die Achtsamkeit entgegen zu bringen, die jedes verdient und das Koan im Herzen zu bewegen. Und keine anderen Worte zu Gedanken werden zu lassen. ...der einen Hand. Das Klatschen der einen Hand. Sazen, fünf Stunden sitze ich nun neben meinem Meister. Nur neben ihm, nicht mit ihm. Das ist wichtig. Fünf Stunden, in denen ich von den quälenden Worten erlöst bin. Später. Ich schneide Gemüse in kleine Würfel. Der Wasserkessel summt auf dem Feuer. Ein anderer fegt den Boden mit einem Reisigbesen. Noch jemand bricht Reisig und füttert das Feuer unter dem

Kessel. Im Kessel summt das Wasser. Nach dem Essen gehe ich über den Hof. Das Rad der Gedanken steht auf einmal still. Ich erstarre. Stunden stehe ich dort, erstarrt, ein Leuchten in den Augen. Dann erwache ich aus dieser Trance durch eine bekannte Stimme.

Der Meister fragt:

„Was ist?"
„Das Koan.", antworte ich.
„Was ist damit?", fragt er.

Meine Hand fährt durch die Luft und meine Lippen formen einen Hauch, als hörte man die Luft, welche von der einen Hand bewegt wurde. Der Meister fällt um. Er ist tot. Nachdem wir den Meister begraben haben, verlasse ich das Kloster.

Er hätte eigentlich wissen müssen, daß ich das Koan nicht gelöst habe; dann hätte sein Herz nicht aufgehört zu schlagen. Ich weiß auch nicht, was mich zu dieser Täuschung bewegte, es kam so plötzlich über mich. Nur denke ich, während ich meine Füße einen vor den anderen setze, man soll sich nicht Meister nennen lassen, oder auch niemanden so nennen.

Inhalt

Der Autor

Dietrich W. Dietrich, Jahrgang 1966,
lebt mit seiner Frau in Berlin.
Nach vielfältigen Erfahrungen in verschiedensten Berufen
und Lebenslagen, Studien der Literaturwissenschaft,
Philosophie und Theologie arbeitet er als freier Autor.

Der Künstler

Georg Jürgens, Jahrgang 1973, lebt mit
seiner Frau in Wuppertal.
Er beschäftigt sich mit Tao und Buddhadarma und
arbeitet als bildender Künstler, Designer und Schmied.